正誤表

本文中に次の誤りがありました。原作者および読者にお詫びして訂正いたします。

46 頁 5 行目
誤「生ぐさい」　正「生まぐさい」
47 頁左から 1 行目
誤「捨つるとも」　正「捨つとも」

また下記作品は、脚本化にあたり省略や言い換えが加えられており、オリジナルの作品とは異なる部分があります。原文は巻末に記載した出典をご参照ください。

8-9 頁　吉岡満子「原爆の日」
36-38 頁　水野潤一「英雄挽歌」
41-45 頁　峠三吉「ちいさい子」
49-57 頁　林幸子「ヒロシマの空」
※出典を、巻末記載の峠三吉・山代巴編『原子雲の下より』（青木文庫、1952 年）から、家永三郎・小田切秀雄・黒古一夫編『日本の原爆記録⑲　原爆詩集・広島編』（日本図書センター、1991 年）に訂正いたします。
60-63 頁　石川逸子「ヒロシマ連祷」
116-121 頁　峠三吉「墓標」

夏の雲は忘れない

ヒロシマ・ナガサキ一九四五年

夏の会 編

目次

原爆《げんばく》の日

吉岡満子

八月六日の空は　みず色に晴れて美しい朝だった
午前六時　母は建物疎開奉仕《そかいほうし》に出かけていった
午前七時　弟たちは小学校へ　学徒の職場《しょくば》へと出かけて行き
私《わたし》は　きりりとはち巻《ま》きをしめて　私の職場へと出かけた
家の横の角を曲がり　小学校の正門の前を通り抜《ぬ》けると
小さな女の子が指切りをしながら歩いていた
その先の角を曲がり　少し行くと
カンナが真赤《まっか》にもえ　ひまわりが太陽にむいて咲《さ》き盛《さか》り
ネコがのんびりとあくびをして
乳《ち》のみ子《ご》を背負《せお》った女が忙《いそが》しそうにすれ違《ちが》っていった
そして　八時十五分

人の街《まち》は
瓦礫《がれき》と壊《こわ》れた人間の重なり転がる炎《ほのお》の街となった

一九四五年八月六日　ヒロシマ

Moeris

小学三年　坂本はつみ

げんしばくだんがおちると
ひるがよるになって
人はおばけになる

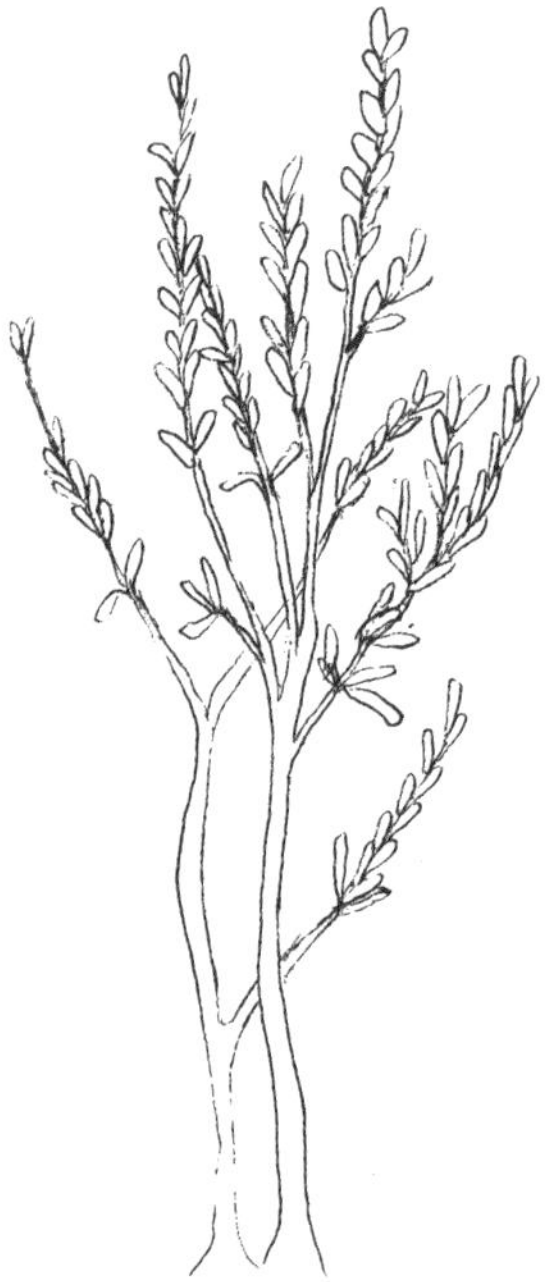

小学四年　松島愛子

あさだった
ばくだんがおち
みんなたすけてー
といっている
いぬもしんでいた
いきているいぬは
みんなほえている
まつの木の下には
となりのおじさんが
しんでいた

小学三年　金本湯水子

ピカッ
ドン
雨がざあざあふって来た
おかあさんはわたしをおんぶして
山の方へどんどんにげた
おばけのようだった
水　水と言って来る
お母さんはみんなにのませた

小学四年　三吉昭憲

ピカリと　ひかった
ハッと　うつぶす。
おそる　おそる　目をあけると
あたりは　まっくらだ。
そとに　とびだすと
見るかぎり　家は一けんもない。
人も、うまも、木も、草も
でん車も、自動車も
みんなもえている。

小学六年　慶箕学

音楽の時間であった
ピカッと光り輝《かがや》いたと思うと
どんとはげしい音がした
教室はガラスの地獄《じごく》でした
西の空をあおいで見ると
積乱雲《せきらんうん》がもうもうと広がっていた
怪我人《けがにん》の波がぞろぞろと行きすぎる
目玉の飛び出た者
手の無い者
血がだらだらとたれている者ばかり
ああああの最後のうなり声

悲しい犬の遠ぼえ
地獄の町でした「ピカドン」

一九四五年八月九日　ナガサキ

12
1
2
3
4
5
6
7
8
9
10
11

決して忘《わす》れない

本多博子

八月九日、朝から良い天気だった。
空襲警報《くうしゅうけいほう》も解除《かいじょ》になり、一安心《ひと》して仕事に精《せい》を出していた。
すると爆音《ばくおん》が聞こえた。開け放った窓《まど》から空を見ると、
キラキラ光ったB29が飛んでいる。
「あっ、敵機《てっき》！　警報は解除になったはずなのに」
誰《だれ》かが「何か落ちてくる……」と言った。
フワフワと小さな物を見た。
それからどれだけたっただろうか。
真《ま》っ暗《くら》な中で気がついた。
「助けて！　お母さん！」とか、ウーンとうめく声が聞こえる。
しばらくすると真っ暗だったのが少しずつ薄《うす》れ、

皆《みな》の顔がボンヤリと見え始めた。

「あっ、山田さん、深堀《ふかぼり》さん、あっ、あっ！」

自分の顔は見えない。それが幸いなのか。

頬《ほお》に大きなガラスの破片《はへん》がささっている人、肉が吹《ふ》きとんで、白く見えるのは骨《ほね》だろうか。尻《しり》の肉が半分近くえぐれている人。

深堀さんが、「私《わたし》の顔はどうなってるの」と悲鳴《ひめい》に近い声で言う。

誰も答えない。

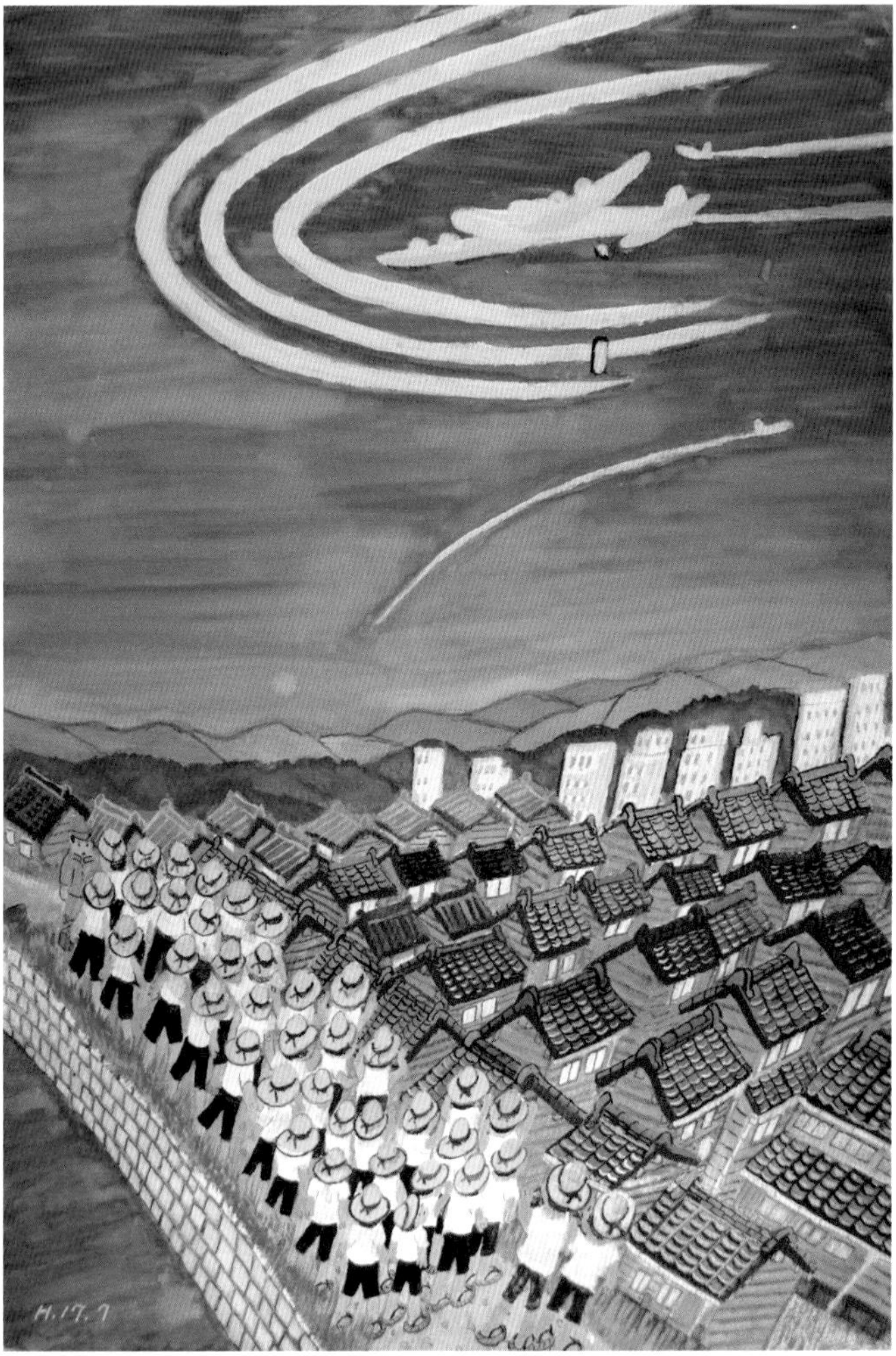

建物疎開《そかい》の作業現場《げんば》にむかう途中《とちゅう》で見た、B29が原爆《げんばく》を投下した瞬間《しゅんかん》

B29から見たきのこ雲。長崎《ながさき》に落とされた原爆は
地上約500メートルで爆発《ばくはつ》した

小学五年　香川征雄

よしお兄ちゃんが
げんばくで
死んだあくる日
おかあちゃんが
まい日　まい日
さがしたが
きものも
かばんも
べんとうばこも
骨《ほね》も
なかった

おかあちゃんは
よしお
よしお
なぜ死んだのと
ないて
ないた
ぼくは
げんしばくだん
だいきらいだ

小学五年　栗栖英雄

いたい、いたい、いたの中に
はさまっている弟、
うなっている。
弟は、僕《ぼく》に
水　水といった。
僕は、くずれている家の中に、
はいるのは、いやといった。
弟は、
だまって
そのまま死んでいった。
あの時

僕は
水をくんでやればよかった。

小学二年　横本弘美

ピカドンのときは、ぼくは小さかった
おかあちゃんのかおや
からだのけがはしらない
いまごろになって、かおのきずから
がらすがでてくる、
もう三べんもでてくる、
二へんまでは
小さかったからしらない
いまは二年せいです。
いまごろかおから
またがらすがでてくる

ときどきおかあちゃんがさわっている。
ぼくはそれを見ると
もうピカドンが
なければよいとおもう。

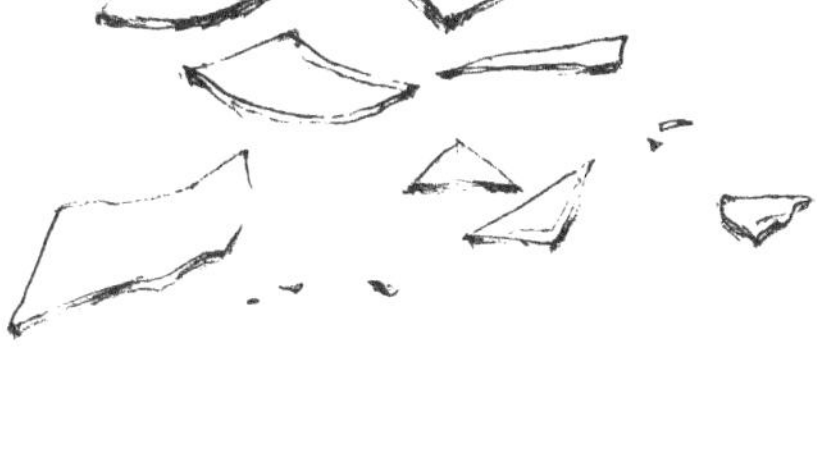

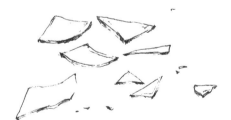

小学三年　向井富子

げんしばくだんでしんだ
おとうちゃん
どんなになってしんだのよ。
どうして早く
うちにかえらなかったのよ。
こころのやさしい
おとうちゃん
どうしてわたしをおいて
しんだのよ。
おかあちゃんはおとうちゃんの

かわりに
くみあいにいっている。
おにいちゃんはしんぶん
くばりにいっている
どうしてひろしまにげんしばくだんが
おちたのかわたしにしては
わかりません

小学五年　田尾絹江

ばくだんがおちたあと
おかあちゃんが
だいじにのけといた米をたきながら
せんそうをして
なにがおもしろいんだろう
といって、
たかしや　たかしや
まめでかえってくれと
いってなきながら
おむすびをつくる

小学四年（当時四歳《さい》）　佐藤朋之

八月六日のあの時、ぼくはまだ、がっこうにいってはおりませんでした。ぼくはその時、近くのふろやのまえであそんでいました。

きゅうにひかったので、びっくりしていえにいこうとすると、目の中にはり（針《はり》）がたくさんはいって、どこがどこだかわからない。いえのほうにいこうとすると、げんかんにぶつかりました。

目をあけるとそのへんはうすぐらくなっていました。ぼくはおばあちゃんについていきました。お姉ちゃんは、おとうちゃんの手をひいて、ぼくのいるぼうくうごうにつれてきました。おとうちゃんは、こしから上をやけどしていました。よそのおじさんが、おとうちゃんのからだに、あぶらをぬってくださいました。ぼくはこころのなかで、ありがとうといいました。

六十日ぐらいして、よなかにおとうちゃんが、いもをくいたいといいました。おばあちゃんは、はいといって、いもをにました。

「おとうちゃん、いもができました」

といって、おとうちゃんをみると、もうこえがでません。ぼくがおとうちゃんのからだにさわってみると、つめたくなって、もうしんでいました。

おとうちゃん、おかあちゃん、さようなら。

英雄挽歌《えいゆうばんか》

水野潤一

ママン
あなたはいつもその身に
エプロンをまとい
ママン
あなたはいつもその目に
輝《かがや》きを秘《ひ》め
ママン
あなたはいつもその口に
ほほえみをたたえ
ママン
あなたはいつもその手を

私《わたし》に向かってさしのべ
歌を歌い
夜中にあついカタクリを私の勉強部屋に運び
豆をゆで
ボロをつくろいセーターを編《あ》み
私にふとんをふむなと教え
白いハタキとホーキをもって
朝早くから立ち働き
花を活《い》けお茶をたて
年寄《としよ》りと酒のみに仕え
私のために医者に走り
庭に出ては草を刈《か》り
山に出かけてはたきぎを拾い
おにぎりをつくり
水を汲《く》み風呂《ふろ》をわかし

私《わたし》が忘《わす》れものをしたといっては
はだしで追いかけて来《き》
そして死んだ
ああ日本がヒロシマで失ったのは
あなたという一人の名もない
偉大《いだい》な英雄《えいゆう》だったのです

嵐《あらし》の中の母子像《ぞう》(広島・平和記念公園内)。右手で乳《ち》飲《の》み子《ご》をかかえ、
左手で幼児《ようじ》を背負《せお》おうとしながら、前かがみ姿勢《しせい》で生き抜《ぬ》こうとする母の姿《すがた》を表す

ちいさい子

峠三吉

ちいさい子かわいい子
おまえはいったいどこにいるのか
ふと躓《つまず》いた石のように
あの晴れた朝わかれたまま
みひらいた眼《め》のまえに
母さんがいない
くっきりと空を映《うつ》すおまえの瞳《ひとみ》のうしろで
いきなり
あの黒い雲が立ちのぼり
天頂《てんちょう》でまくれひろがる

ちいさい子かわいい子
おまえはいったいどこにいったか
近所に預《あず》けて作業に出かけた
おまえのこと
その執念《しゅうねん》だけにひかされ
焔《ほのお》の街《まち》をつっ走って来た両足うらの腐肉《ふにく》に
湧《わ》きはじめた蛆《うじ》を
きみ悪がる気力もないまま
仮収容所《かりしゅうようじょ》のくら闇《やみ》で
だまって死んだ母さん

そのお腹《なか》におまえをおいたまま
南の島で砲弾《ほうだん》に八《や》つ裂《ざ》かれた父さん
非常袋《ひじょうぶくろ》のそれだけは汚《よご》れも焼けもせぬ
おまえのための新しい絵本を

枕《まくら》もとにおいたまま
動かなくなった
あの夜のことを
だれがおまえに話してくれよう

燃《も》える埃《ほこり》の一本道を
追われ走るおもいのなかで
母さんがおまえを叫《さけ》び
おまえだけ
おまえだけにつたえたかった
父さんのこと
母さんのこと
そしていま
おまえひとりにさせてゆく切なさを
だれがつたえて

つたえてくれよう

そうだわたしは
きっとおまえをさがしだし
その柔《やわらか》い耳に口をつけ
いってやるぞ
日本中の父さん母さんいとしい坊《ぼう》やを
ひとりびとりひきはなし
くらい力でしめあげ、
やがて蠅《はえ》のように
うち殺し
突《つ》きころし
狂《くる》い死なせたあの戦争が
どのようにして
海を焼き島を焼き

ひろしまの町を焼き
おまえの澄《す》んだ瞳《ひとみ》から、すがる手から
父さんを奪《うば》ったか
母さんを奪ったか
ほんとうのそのことをいってやる
いってやるぞ！

生《う》ましめんかな

栗原貞子

こわれたビルディングの地下室の夜だった。
原子爆弾《げんしばくだん》の負傷者《ふしょうしゃ》たちは
ローソク一本ない暗い地下室を
うずめて、いっぱいだった。
生ぐさい血の匂《にお》い、死臭《ししゅう》。
汗《あせ》くさい人いきれ、うめきごえ
その中から不思議な声がきこえて来た。
「赤ん坊《あかんぼう》が生まれる」と言うのだ。
この地獄《じごく》の底のような地下室で
今、若《わか》い女が産気《さんけ》づいているのだ。
マッチ一本ないくらがりで

どうしたらいいのだろう
人々は自分の痛《いた》みを忘《わす》れて気づかった。
と、「私《わたし》が産婆《さんば》です、私が生ませましょう」
と言ったのは
さっきまでうめいていた重傷者《じゅうしょうしゃ》だ。
かくてくらがりの地獄の底で
新しい生命は生まれた。
かくてあかつきを待たず産婆は
血まみれのまま死んだ。
生ましめんかな
生ましめんかな
己《おの》が命捨《す》つるとも

ヒロシマの空

林幸子

やっと避難《ひなん》さきにたどりついたら
お父ちゃんだけしか　いなかった
――母ちゃんと　ユウちゃんが
死んだよお……

八月の太陽は
前を流れる八幡河《やはたがわ》に反射《はんしゃ》して
父とわたしの泣く声を　さえぎった

その　あくる日
父は　からの菓子箱《かしばこ》をさげ

わたしは　鍬《くわ》をかついで
ヒロシマの焼け跡《あと》へ
とぼとぼと　あるいていった
やっとたどりついたヒロシマは
死人を焼く匂《にお》いにみちていた

燃《も》えさしの鉄橋を
よたよた渡《わた》るお父ちゃんとわたし
ああ　あそこに土蔵《どぞう》の石垣《いしがき》がみえる
なつかしい　わたしの家の跡

台所のあとに　お釜《かま》がころがり
六日の朝たべた
カボチャの代用食がこげついていた
茶碗《ちゃわん》のかけらがちらばっている

瓦《かわら》の中へ　鍬をうちこむと
はねかえる
お父ちゃんは瓦のうえにしゃがむと
手でそれを　のけはじめた
ぐったりとした　お父ちゃんは
かぼそい声で指さした
わたしは鍬をなげすてて
そこを掘《ほ》る
陽《ひ》にさらされて　熱くなった瓦
だまって
一心に掘りかえす父とわたし

ああ
お母ちゃんの骨《ほね》だ
白い粉が　風に舞《ま》う

お母ちゃんの骨《ほね》は　口に入れると
さみしい味がする
たえがたいかなしみが
のこされた父とわたしに襲《おそ》いかかって
大きな声をあげながら
ふたりは　骨をひろう
菓子箱《かしばこ》に入れた骨は
かさかさと　音をたてる

弟は　お母ちゃんのすぐそばで
半分　骨になり
内臓《ないぞう》が燃《も》えきらないで
ころり　と　ころがっていた
その内臓に
フトンの綿《わた》がこびりついていた

――死んでしまいたい！
お父ちゃんは叫《さけ》びながら
弟の内臓をだいて泣く
焼け跡《あと》には鉄管がつきあげ
噴水《ふんすい》のようにふきあげる水が
あの時のこされた唯一《ゆいいつ》の生命のように
太陽のひかりを浴びる

わたしは
ひびの入った湯飲み茶碗《ぢゃわん》に水をくむと
弟の内臓の前においた
父は
配給のカンパンをだして
じっと　目をつむる

お父ちゃんは
生き埋《う》めにされた
ふたりの声をききながら
どうしようもなかったのだ

それからしばらくして
無傷《むきず》だったお父ちゃんの体に
斑点《はんてん》がひろがってきた

生きる希望もないお父ちゃん
それでも
のこされる　わたしがかわいそうだと
ほしくもないたべ物を　喉《のど》にとおす

――ブドウが　たべたいなあ

――キゥリで　がまんしてね
わたしはキゥリをしぼり
お砂糖《さとう》を入れて
ジュウスをつくった
お父ちゃんは
生きかえったようだとわたしをみて
わらったけれど
泣いているような
よわよわしい声

ふと　お父ちゃんは
虚空《こくう》をみつめ
――風がひどい
　　嵐《あらし》が来る……嵐が
といった

ふーっと大きく息をついた
そのまま
がっくりとくずれて
うごかなくなった

ひと月も　たたぬまに
わたしは
ひとりぼっちになってしまった

涙《なみだ》を流しきった　あとの
焦点《しょうてん》のない　わたしの　からだ

前を流れる河《かわ》を
みつめる

うつくしく　晴れわたった
ヒロシマの
あおい空

ヒロシマ連祷《れんとう》

石川逸子

やせて小さくなった母さん
あなたの拝《おが》む
墓《はか》のなかに　わたしの骨《ほね》はない
海の見える
墓のなかに　わたしの骨はない
わたしに手があれば
手紙が書けるのに
私《わたし》に口があれば
電話できるのに

モシモシモシモシモシ

コチラ　フロリダデス
ディックノイエデス

こわれたトースター　さびた自転車
いらなくなった兵隊靴《ぐつ》
かびたザックにまじって
転がっている　わたし
星のない夜

ヒロシマの壕《ごう》からひそかに掘《ほ》り出され
せいいっぱいみがかれ
土産物《みやげもの》屋に並《なら》んで
水兵ディックに買われていった　わたし

ヘーイ、マリア

ジャップノサレコウベダ
ゲンバクデヤッタンダ

しばらくは棚《たな》に飾《かざ》られ
やがて物置に捨《す》てられた
フロリダの夏がすぎ
また夏がすぎ　夏がすぎ
ディックとマリアは今は孫もいる老夫婦《ふうふ》

アメリカに灼《や》かれ
そのアメリカに転がっている
マリアとおないどしだった
されこうべの　わたし

八十過《す》ぎて　やせて小さくなった母さん

あなたの拝《おが》む
墓《はか》のなかに　わたしの骨《ほね》はない

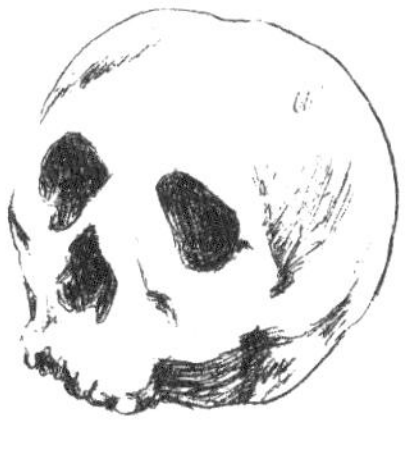

トランクの中の日本

ジョー・オダネル

話は私《わたし》が海兵隊に志願《しがん》したときから始まります。当時一九歳《さい》の私は高校を卒業したばかりで、ハワイを奇襲《きしゅう》した日本に敵愾心《てきがいしん》を燃《も》やしていました。若者《わかもの》らしい愛国心から早く敵《てき》をやっつけたいと意気込《ご》んで入隊したのですが、私は日本に銃《じゅう》ではなくカメラを向けるための徹底《てってい》した訓練を受けることになったのです。

四年後、私は日本に向かう太平洋上の船にいました。そして原爆《げんばく》が投下されたと聞き、船上のすべての人々とともに終戦を歓喜《かんき》して迎《むか》えました。

終戦直後に上陸して七カ月間、私は日本各地を撮影《さつえい》して歩き、心の中に新たな葛藤《かっとう》

『トランクの中の日本
――米従軍カメラマンの非公式記録』
ジョー・オダネル／写真
ジェニファー・オルドリッチ／聞き書き
小学館

が広がるのを感じました。苦痛《くつう》に耐《た》えて生きようと懸命《けんめい》な被災者《ひさいしゃ》たちと出会い、無残な瓦礫《がれき》と化した被爆地《ひばくち》にレンズを向けているうちに、それまで敵としてとらえていた日本人のイメージがぐらぐらとくずれていくのを感じたのです。日本を去るとき、ネガにも私の心にも戦中戦後の日本の悪夢《あくむ》が焼き付けられていました。そのあまりの強《きょう》烈《れつ》さにたじろいだ私は、そのすべてを忘《わす》れようと決心したのです。私用カメラで撮影したネガはトランクに納《おさ》め、二度と再《ふたた》び開けまいと、蓋《ふた》を閉《と》じ鍵《かぎ》をかけたのです。

戦後二〇年間ホワイトハウス付きカメラマンとして働いたのち体調をくずした私は退職《たいしょく》し、ひどい痛《いた》みとたたかい、入退院《にゅうたいいん》を繰《く》り返す年月を過《す》ごすことになりました。このときの症状《しょうじょう》はカメラを片手《かたて》に広島、長崎《ながさき》をさまよい、放射能《ほうしゃのう》を浴びたのが原因《げんいん》だったと診断《しんだん》されたのです。数え切れないほどの手術《しゅじゅつ》や治療《ちりょう》のおかげで身体は楽になりましたが、意識《いしき》に焼き付いたイメージは薄《うす》れるどころか一層鮮明《いっそうせんめい》さを増《ま》して私を苦しめました。

そしてついに私は、もう逃《に》げるのはよそう、自分の気持ちに正直になろうと思うようになったのです。私《わたし》はトランクの鍵《かぎ》を開けました。

変色したネガ袋《ぶくろ》に書かれたメモを読むだけで、一九四五年の痛《いた》みを伴《ともな》う状況《じょうきょう》の数々が鮮《あざ》やかに蘇《よみがえ》りました。

不思議なことに、写真を繰《く》り返し見ることで、体験を思い出しながら語ることで、私は少しずつ癒《いや》されていきました。

一九四五年夏、きのこ雲の下で何が起きたのか？　その恐《おそ》ろしい事実を伝えていくのが私の使命だと思うようになったのです。

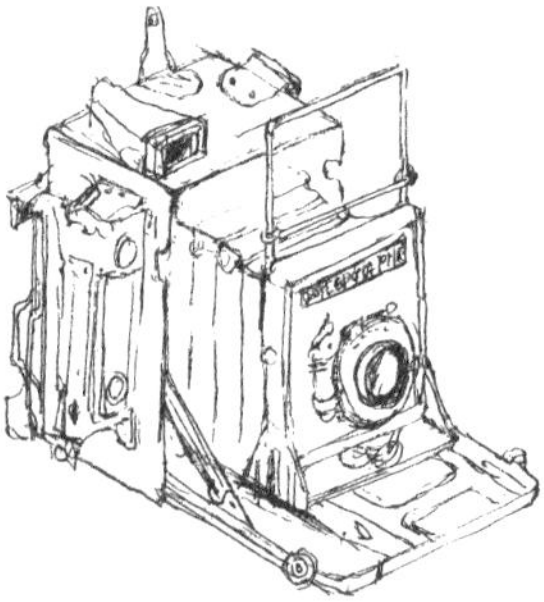

P70-71 「カルバリの丘、長崎《ながさき》」
(ジョー・オダネル/写真『トランクの中の日本』小学館より)

丘《おか》の上に、教会の廃墟《はいきょ》が見えた。ちょうど太陽が沈《しず》みきったところで、その廃墟に鈍《にぶ》い残照が当たって、その姿《すがた》がはっきり浮《う》かび上がっていた。キリストのはりつけの状景《じょうけい》になんと似《に》ていることか。あそこまで登ってみなくてはと、私は憑《つ》かれたように丘に向かって急いだ。

爆心地《ばくしんち》が目の前に広がっていた。見渡《わた》すかぎり人々の営《いとな》みの形跡《けいせき》はかき消され、瓦《が》礫《れき》が地面をおおいつくしていた。私はたったひとりでここに立つ。まるで宇宙《うちゅう》でただひとりの生き残りであるかのように。まわりの静けさが私を打ちのめした。

私は体を失った彫像《ちょうぞう》を見つめる。口はからからに乾《かわ》き、眼《め》には涙《なみだ》がにじむ。やっとの思いでつぶやいた。「神様、私たちはなんてひどいことをしてしまったのでしょう」。

長崎《ながさき》ではまだ次から次へと死体を運ぶ荷車が焼き場に向かっていた。白い大きなマスクをつけた係員は荷車から手と足をつかんで遺体《いたい》を下ろすと、そのまま勢《いきお》いをつけて火の中に投げ入れた。はげしく炎《ほのお》を上げて燃《も》えつきる。それでお終《しま》いだ。残るのは、悲惨《ひさん》な死の生み出した一瞬《いっしゅん》の熱と耐《た》え難《がた》い臭気《しゅうき》だけだった。

焼き場に一〇歳《さい》くらいの少年がやってきた。小さな体はやせ細り、ぼろぼろの服を着てはだしだった。少年の背中《せなか》には二歳にもならない幼《おさな》い男の子がくくりつけられていた。その子はまるで眠《ねむ》っているようで見たところ体のどこにも火傷《やけど》の跡《あと》は見当たらない。

少年は焼き場のふちまで進むとそこで立ち止まる。わき上がる熱風にも動じない。係員は背中の幼児《おさなご》を下ろし、足元の燃えさかる火の上に乗せた。まもなく、脂《あぶら》の焼ける音がジュウと私《わたし》の耳にも届《とど》く。炎は勢いよく燃え上がり、立ちつくす少年の顔を赤く染《そ》めた。気落ちしたかのように背《せ》が丸くなった少年はまたすぐに背筋《せすじ》を伸《の》ばす。私は彼《かれ》から目をそらすことができなかった。少年は気を付けの姿勢《しせい》で、じっと前を見つづけた。一度も焼かれる弟に目を落とすことはない。直立不動の姿勢で彼は弟を見送ったのだ。

私はカメラのファインダーを通して、涙《なみだ》も出ないほどの悲しみに打ちひしがれた顔を見守った。私は彼の肩《かた》を抱《だ》いてやりたかった。しかし声をかけることもできないまま、ただもう一度シャッターを切った。急に彼は回れ右をすると、背筋をぴんと張《は》り、まっすぐ前を見て歩み去った。一度も後ろを振《ふ》り向かないまま。あの少年はどこへ行き、どうして生きていくのだろうか？

おわびの致《いた》しようもございません

純心女子学園元校長　江角ヤス

「先生、私《わたくし》は一昨日の、B29の長崎《ながさき》の爆撃《ばくげき》を見て居《い》ました。どうしても恐《おそ》ろしくて京子を長崎におきたくありませんから、連れて五島《ごとう》に帰らせて下さい」と、京子さんのお母さんが寄宿舎《きしゅくしゃ》に来られた。二年生に動員令が下ってから、まだ四、五日しかたって居《い》なかった。

私は非常《ひじょう》にきつい言葉で、「お母さん、京子さんは動員令をうけて軍属《ぐんぞく》になって、お国のために働いていらっしゃるのですよ。爆撃がこわくて逃《に》げて帰ったら、日本はどうなりますか。この大切な時に、もし京子さんに許《ゆる》したら、ほかの学徒隊員たちにも許さなければならなくなります。いくら一人娘《むすめ》だからとて私は校長として、それなら連れて帰ってもよいですとは申せません。どうしても連れて帰りたければ、退学届《たいがくとどけ》を出してからになさい」と荒々《あらあら》しく大声でおこりました。お母さんはびっくりして、「それならよいですから、ここに置いて工場で働かせて下さい」と頼《たの》むようにして言われました。「万一、京子が死んでもそれはお国のためですから」。そういって京子さんを置いてお母さんは一人で帰られた。私は門まで送りもしないで……。

それから六日目があの運命の八月九日である。私は一人で学校の留守番《るすばん》をして居《い》た。ピカッと青白い光を見て大騒《おおさわ》ぎで慈悲《じひ》深きマリアと言ったきりわからなくなった。気がついた時には、鉄筋《てっきん》コンクリートの防火壁《ぼうかへき》の下敷《したじ》きになっていた。おしつぶされて身動きもできない。

私は死ぬばかりになっていたのに、手をつくしていただいて助け出された。一瞬《いっしゅん》の間に四方八方すっかり変わり果てた様相に、はじめてこの爆弾《ばくだん》はいつものではないことがわかり、もう日本は勝てないと思った。

その夜あたりから工場で生徒がたくさん死んだことをきかされた。最初に京子さんはどうして居《お》られるかと尋《たず》ねたところ、よくわからないが即死《そくし》ではないかとのことであった。

京子さんは工場内で即死された四十六人中の一人であるけれども、ご遺骨《いこつ》が一緒《いっしょ》になっていてわからなかった、ときいた。お母さんは悲しんで悲しんで、それでもどこかに生きているのではないかと、うらないに見てもらったり、博多《はかた》の方まで捜《さが》しに行かれたときいた。私《わたくし》はすまなくてすまなくてたまらなかった。

京子さんは一人娘《むすめ》であった。お弱いお母さんをやさしく看病《かんびょう》してくれるはずの京子さんは帰って来られない。亡《な》くなったあのやさしい孝行《こうこう》娘は帰って来られない。

純心が栄えれば、亡き学徒隊員がよくとむらってもらえるからと、一生懸命《いっしょうけんめい》になって学校を復興《ふっこう》させて来た。お墓《はか》も作り聖堂《せいどう》も建てたけれども、私の心は、慰《なぐさ》められない。

純心女子学園学徒隊　二一四名　全員死亡《しぼう》

BANKA SLAVIE

全員死亡《しぼう》

志水清

名前を聞いたら
「ぼく、うつのみやです」と答えた。
顔はふくれあがり
両手を前に出して
その手先から　ゴム長靴《ながぐつ》のような
皮膚《ひふ》をたらし
「ぼく、養成工の、うつのみやです」
と答えた。
材木町《ざいもくちょう》から元安川《もとやすがわ》を下流に泳ぎ
火の街《まち》を迂回《うかい》し、牛田《うした》の山をこえ
工場に戻《もど》ったのだ。

はだし、ぼろ服、疲労《ひろう》の極み
よう　戻ったのう　宇都宮《うつのみや》
涙《なみだ》をためて疲《つか》れを語る老人は
その時、鋏《はさみ》で少年の皮膚をつみ
赤むけに油を塗《ぬ》っていたわったが
気丈《きじょう》な、うつのみやも
翌日《よくじつ》はこときれた

わが工場のいとし百六十名
かくして七日以内みなこときれた
原爆《げんばく》の死神よ
いくらなんでも
一人ぐらい見逃《のが》したらどうだ

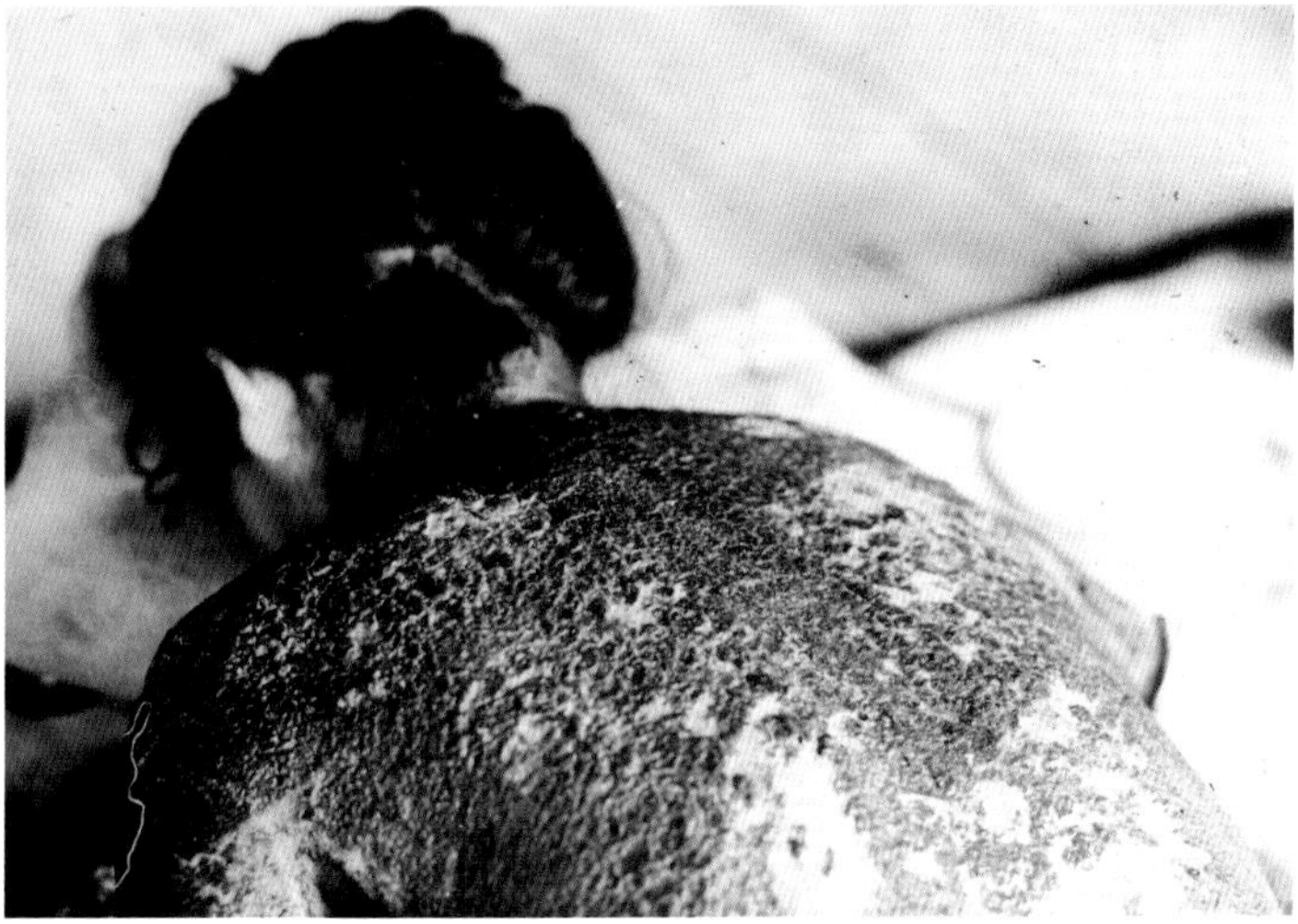

原爆《げんばく》の熱線《ねっせん》によって背中《せなか》をやけどした女性《じょせい》

「無題」

火の海の中を自宅《じたく》へむかう作者

「母と子」

燃《も》える市街《しがい》と逃《に》げる人々

倒壊《とうかい》した校舎《こうしゃ》の下敷《したじ》きになった子どもを助けることができず、
ただ手をにぎり、声をかけるだけだった

場所 天満町電車通り
人々は水を求めて、防火
用水にむらがった、
水を飲むと、そのまゝ
ガックリと息絶えた
槽内に浮んでいた
年若い妊婦の死体
赤絵具を塗るに
胸が痛む

防火用水槽《すいそう》にむらがり息絶《た》えた被爆者《ひばくしゃ》、水にうかぶ若《わか》い妊婦《にんぷ》の死体

のどが渇《かわ》き黒い雨を口で受ける女性《じょせい》

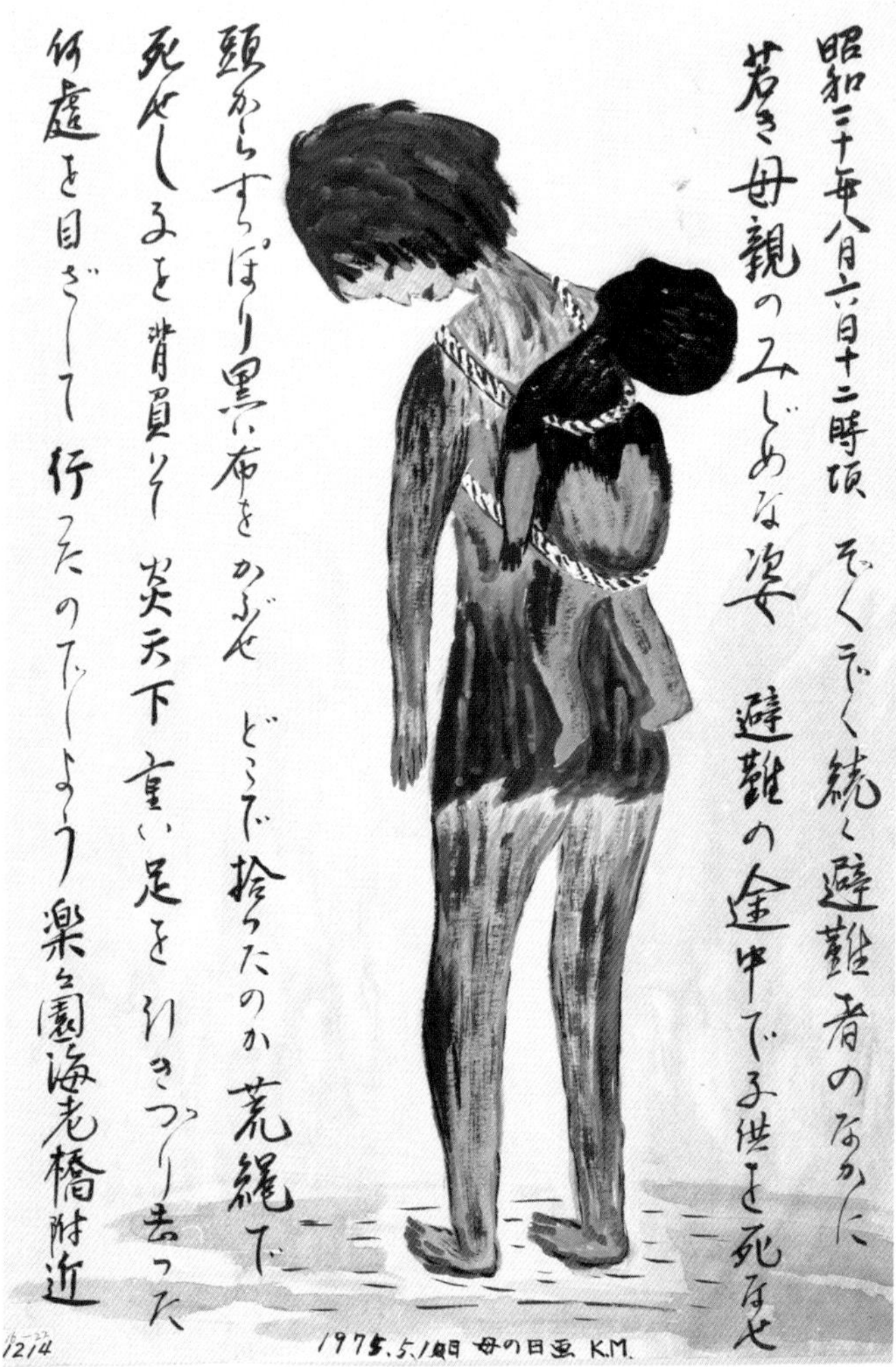
昭和二十年八月六日十二時頃 ぞくぞく続く避難者のなかに
若き母親のみじめな姿 避難の途中で子供を死なせ
頭からすっぽり黒い布をかぶせ どうだ捨てたのか 荒縄で
死なした子を背負って 炎天下 重い足をひきずり去った
何処を目ざして行ったのだろう 楽々園海老橋附近
1975.5.10日 母の日画 K.M.
1214

死んだ子どもを背負《せお》い逃《に》げていく母親

「悲しき別れ——荼毘《だび》」

長崎《ながさき》・浦上《うらかみ》天主堂の被爆《ひばく》したマリア像《ぞう》

1946年 8月、浦上天主堂に祈《いの》りを捧《ささ》げる信徒

星は見ている

藤野博久の母　藤野としえ

あの子、博久《ひろひさ》は、幼少《ようしょう》の時からちょっと変わった面白い子供《こども》でした。広島一中に転校しまして間もない頃《ころ》、「僕《ぼく》の先生は詩吟《しぎん》が上手だから、僕も一席やって御覧《ごらん》に入れます。笑っちゃ駄目《だめ》よ」と申して、それはそれは可笑《おか》しい節まわしで、浪曲《ろうきょく》とも詩吟ともつかぬことを申し、皆々《みなみな》吹《ふ》き出したこともございました。灯火管制《かんせい》の薄暗《うす》い食卓《しょくたく》を主人とともに囲み、私《わたし》が食事の後始末《あとしまつ》をしていたら、二階から「お母さん、ちょっときんさい」と呼《よ》びます。「早いこと、もう広島弁《べん》を覚えて」と言いながら二階に上がり、何処《どこ》ねとたずねますと、「ここよ、屋根の上よ、滑《すべ》りこけぬようにしなさい」と申しましたので、私は四《よ》ツん這《ば》いになって屋根に渡《わた》りました。「座布団《ざぶとん》を敷《し》いておいたよ、お母さん」、「有難《ありがと》う有難う。なんと素晴《すば》らしい星空でしょうか、奇《き》麗《れい》だね、戦争があってるみたいでないわね」と申しましたら、「お母さん、オリオン座知ってる？　あそこよ、あそこよ」と指さすのです。そして「ねェお母さん、どうして戦争なんか起きるのでしょうか、止《や》めてほしいなあ、日本にない物はアメリカから送って貰《もら》い、フィリピンにない物は日本から送ってやり、世界が仲よくいかんものかしら。そしたら世界が一つの国家になって、世界国亜細亜《あじあ》州日本町広島村になるね」と申して、なかなか話は尽《つ》きませんでした。

明けて、六日は上々《じょうじょう》のお天気でした。八月の太陽は目がくらむように暑く、あら、B29ではないかしらと空を見上げたとたん、ピカリと世間が真黄色《まっきいろ》になり、天地も崩《くず》れんばかりの大音響《だいおんきょう》に、ハッと思うたまでは覚えていますが、その時、私は気を失ってしまいました。我《われ》に返った私は、壁土《かべつち》の中に埋《う》まっていました。埃《ほこり》で目も開けられず、明るい方角へ這《は》い出しました。「ああ助かった、助かった」と見れば、家は半《はん》壊《かい》して二階が落ち、柱がくしゃくしゃになっていました。一体これは何事だろうか。主人は、博久は、どうして遁《かく》れているだろうかと思うと、胸《むね》が切なくなりました。まわりは水を求める人たちばかりでした。私は小さな茶碗《ちゃわん》を拾って来て、何べんも何べんも水汲《く》みに行きました。ほんとうにこれこそこの世の地獄《じごく》と申すものでございましょう。主人や子供のことを思うと息の根も止まりそうでございました。

その夜、丘《おか》の上から眺《なが》めますと、広島が一つの火の柱に見えて、月を焦《こ》がしているようでした。夜通し呻《うめ》いていた人たちは、東の空の白《しら》む頃《ころ》は静かになりました。靴《くつ》の音が近づいて来ました。そして防空壕《ぼうくうごう》の前にぴたりと止まりました。誰《だれ》だろうと起き上がりましたら、主人です。主人が中をのぞいていました。

よかった、よかったと喜び合い、男の子は足が早いから遠方に逃《に》げたんだろう、明日には元気な姿《すがた》を見せるだろうと主人が申すものですから、私《わたし》は急に元気が出ました。

明けて八日も朝から照りつづき、博久《ひろひさ》を探しに出かけた主人が帰って来て、「駄目《だめ》らしいよ、爆心地《ばくしんち》らしい」と言うのです。私は気も狂《くる》いそうでした。声をあげて泣きました。

前の夜、博久はどうしてあんなに星のことをいい出したのだろう。私の胸《むね》には、博久の一つ一つの言葉が、痛《いた》いほどの思いで迫《せま》ってきました。

それから幾日《いくにち》か経《た》ちました。今日は八月の何日だろうかと考えながら、ぼんやり町を歩いていましたら、通りがかりの兵隊から、日本降伏《こうふく》のことを聞きました。兵隊も学生もみんな泣いていました。私は気分が悪くなって来ました。降伏するつもりなら広島をこのようなことにせぬ前に止《や》めてくれたらよかったのにと、残念で残念でたまりません。私は壕《ごう》に帰って筵《むしろ》をかぶって泣きました。泣いて泣いて涙《なみだ》の乾《かわ》いた頃、思い出されるのは、「戦争は止めてほしい」と言ったあの子の言葉でした。

それから、きまって夜空を見上げるようになった私には、博久も、博久と一緒《いっしょ》に死んでいった広島一中のお友達も、そしてあの日亡《な》くなられた多くの広島の人々も、みんなその魂《たましい》が天に昇《のぼ》り、星くずとなって、この地上に再《ふたた》びあのような惨禍《さんか》が起きないようにと、夜毎《よごと》、静かに私たちを見つめているように思われます。

そして、あの子が申した理想が一日も早く実現《じつげん》しますように、私は長生きして見届《とど》け、あの世への土産《みやげ》にしたいと思うのであります。

この涙 人には見せじ 星祭る

1945年 8月 6日、原爆《げんばく》投下から約 15分後のきのこ雲

炎上《えんじょう》中の広島市街《しがい》

材木町《ざいもくちょう》（現在《げんざい》の平和記念資料《しりょう》館本館北側付近）から北北東方向を望む

広島県産業奨励《しょうれい》館（原爆ドーム）と爆心地《ばくしんち》付近

D51200

有川妙子（当時五歳《さい》）

妹が生まれて四日めの八月一日に、浦上《うらかみ》にくうしゅうがあったので、私《わたし》たちは、五キロはなれた小島町《こしままち》にうつりました。八月九日のげんしばくだんの時、チンゼイ中学校の生徒だった兄さんだけが、いくら待っても帰ってきませんでした。

あとになって、人から、兄さんはやけどをして、倒《たお》れていたのを、汽車にのせられて島原の病院へはこばれた、と聞きました。お父さんと、お母さんとが、すぐかいほうに行きました。私は、兄さんがきっと元気で帰って来ると思って待っていました。

何日かたってから、お父さんとお母さんは帰ってきました。兄さんは帰ってきませんでした。そのかわりに、白い箱を一つ持って来ました。受け取って、ふってみたら、カラカラといいました。

坂本駿（当時五歳《さい》）

ぼくのうちは、天主堂のうらの山にありました。

そのとき、お母さんは、下の田んぼではたらいていました。ねえさんとぼくは、うちの中にいました。――ひこうきのばくおんがきこえました。

ピカッ――とひかりました。ドッと大きなおとがしてうちがつぶれました。ぼくは、はしらの下になりました。ねえさんは、かべの下になりました。ねえさんもぼくも、ひとりでおきて出てきました。

おかあさんが、ぼうくうごうの下のところまで、田んぼから上がってきていました。

おかあさんの、かみのけは、もえていました。

よそのおじさんが、ねているおかあさんを、ぼうくうごうの中へ、かかえこんでくれました。

おじさんが、おかあさんに手をあててみて、

「このひとは、死んでいる」と、ねえさんにいいました。

そして、ござをもってきて、おかあさんをそれにつつんで、ぼうくうごうのまえの土をほって、うめてしまいました。

ぼくは、いつまでも、ねえさんと、そこへ草むしりにゆきます。

草をむしりながら、この下にねている、おかあさんをおもいます。

辻本一二夫（当時五歳《さい》）

お母さん、兄さん、妹たちの骨《ほね》は、おばあさんと二人で、おそうしきして、墓《はか》にうめた。けれども、お墓には、お父さんの十字架《じゅうじか》は立ててあっても、その下に骨はない。

——お父さんお父さん、お父さんの骨は、どこにあるのですか？　どこに寝《ね》ているのですか？　お父さん。あの朝、元気で出ていったきり……

今、焼けあとにバラックを建てて、おばあさんと二人で暮《く》らしている。おばあさんは、もう年寄《としよ》りだが、働かねば何もたべられないので、浦上川《うらかみがわ》の川じりへ、アサリをとりにいく。夕方ビッショリぬれて、帰ってくる。

そのアサリを売って、二人は生きている。

もう一度、むかしにかえして……

お母さんがほしい

お父さんがほしい
兄さんも、ほしい
妹たちも、ほしい

みんなが生きていたら……。雨のもらない家で、おばあさんも、こんなにむりに働かないで、僕《ぼく》も、楽しく勉強できるのに……けんかにも、負けなくていいんだけど……。おばあさんは、毎朝、天主堂へお参りして、ミサにあずかる。また、ロザリオの祈《いの》りをよくとなえる。そして、僕に、

「みんな、天主さまのおぼしめしタイ。よカよカ」

と言ってきかす。

……ぼくも、おばあさんのような、きれいな心になりたい。

小学四年　田羽多ユキ子

ながさきのおばさんは
わたしがいくと
いつも　いいます
おいどんとこの子は
げんばくで死んでしまったがな
おまえんとこは　ええな
わたしは　いつもこまります
わたしはせんそうは
こわいです。

子供《こども》たちと私《わたし》

長崎市山里小学校教諭　新木照子

山里小学校——それが、私が引き揚《あ》げてきて、赴任《ふにん》の辞令《じれい》を受けた学校だった。わずかの数の子供たちが跳《は》ねまわっている。この大きな学校に、たったこれだけの生徒——原子雲の下に生き残ったのは、これっぽっちだったのか！——……まる一年、授業が受けられなかったこの子供たちは、いまそれを取り返そうと、目を光らして勉強している。

——身にまとっているのは、ぼろぼろの夏服だが、ほっぺたは赤く、つやつやしている。こんな廃墟《はいきょ》の中にありながら、子供たちは、明るくほがらかであった。

それは、国語の時間だった。「五人の子ども」という題のこの教材は、父母の愛情《あいじょう》と指導《しどう》によって、すくすく伸《の》びてゆく子供らの姿《すがた》が描《えが》かれている。

この時間には、楽しい気分をたっぷり味わわせようと、授業をすすめた。

「……五人の子供の名前は？——」

「ピータ」

「ジュデ」

などと答えるのを、声に従《したが》って黒板に書いてゆき、そのおしまいに、

「お父さん」

「お母さん」

と、並《なら》べて書いた、――その時……

「――。先生……その五人の子供らは、幸福《しあわせ》ネエ……」

言ったのは、いちばん前列の女の子。――大きな声ではなかった。ごく、自然に、口からもれた言葉であった。

ハッとした。

――この子には、お父さんもお母さんもなかったのだ。私は生徒の方へ向き直り、見わたした。

――黒板の「お父さん」「お母さん」の字をチラッと見てうつむく子――

窓《まど》の外の一点を見つめて、瞳《ひとみ》を黒板に向けない子――

下くちびるをかんで、目をうつろに見開いている子――

えんぴつを固くにぎりしめて、ノートが真っ黒になるまで、ゴシゴシゴシゴシゴシ塗《ぬ》り始めた子――

この子らは……

みんな孤児《こじ》だった。

あの時、あの火に、お父さん、お母さんを、奪《うば》いとられた子らであった。

私《わたし》は息がとまりそうに苦しくなってきた。

この子らは、この教科書の「五人の子ども」の楽しい家庭生活に、とけこむことができない。それは夢《ゆめ》の世界。この子らにとっては、しょせん味わうことのない、あこがれの生活である。

「先生。……先生のお父さん生きとるト？」

「……ええ、元気ですよ」

「先生。……お母さんも？……」

「……ええ……」

「ヨカネエー」

「…………」

私には、もう授業を続けることができなくなった。

生徒たちは運動場へとび出して、明るい叫《さけ》びをあげながら遊んでいる。――あの子《こ》供《ども》たちの心の底に、あんな深い、大きな嘆《なげ》きが潜《ひそ》んでいると、だれが感づくであろうか？　この孤児たちは、少しも孤児らしく見えない。


音楽の時間――

この学校にはピアノがない。オルガンが二つあるが、完全なのは一つだけ。いざひき始めてみると、片方《かたほう》の空気袋《ぶくろ》が破《やぶ》れていて、踏《ふ》むたびに、バサッ、バサッと音をたてる。

「先生、おかしか音のするネ」

「こわれとるト？」

「いっちょんきこえんバイ、先生」

「原子でこわれたトジャロ」

この子供《こども》たちに、音楽を、うんと楽しませてやりたい。

私《わたし》はさきにたって歌い出した。あまり得意ではないから、冷《ひ》や汗《あせ》が出る。

それでも、子供たちは無邪気《むじゃき》に、私の声について歌い出した。ほんとうに楽しそうだ。いつしか冷や汗は、あつい汗に変わっていった。

みんな歌っている。口を大きく開けて。目をかがやかして。足びょうしをとって、両手をにぎりしめ、心を一つにして歌っている。――力づよく、明るく、ほがらかに……

墓《ぼ》標《ひょう》

峠三吉

君たちはかたまって立っている
さむい日のおしくらまんじゅうのように
だんだん小さくなって片隅《かたすみ》におしこめられ
いまはもう
気づくひともいない
一本のちいさな墓標
「斉美《せいび》小学校戦災《せんさい》児童の霊《れい》」
積み捨《す》てられた煉瓦《れんが》とセメント屑《くず》
学校の倒《たお》れた門柱が半ばうずもれ

雨が降《ふ》れば泥沼《どろぬま》となるそのあたり

君たちは立っている
だんだん朽《く》ちる木になって
手もなく
足もなく
なにを甘《あま》え
なにをねだることもなく
だまって　だまって
立っている

いくら呼《よ》んでも
いくら泣いても
お父ちゃんもお母ちゃんも
来てはくれなかっただろう

熱いあつい風の
くらいくらい　息のできぬところで
やわらかい手が
ちいさな頸《くび》が
石や鉄や材木の下で血を噴《ふ》き
どんなにたやすくつぶれたことか
へいたいさん助けて！　と呼《よ》んだときにも
君たちにこたえるものはなく
なんにもわからぬそのままに
死んでいった
きみたちよ

リンゴも匂《にお》わない
アメダマもしゃぶれない

とおいところへいってしまった君たち
〈ほしがりません……
かつまでは〉といわせたのは
いったいだれだったのだ！

ああ　君たちは　片《かた》づけられ
忘《わす》れられる
かろうじてのこされた一本の標柱《ひょうちゅう》も
やがて土木会社の拡張《かくちょう》工事の土砂《どしゃ》に埋《う》まり
その小さな手や
頸の骨《ほね》を埋めた場所は
何かの下になって
永久《えいきゅう》にわからなくなる

「斉美《せいび》小学校戦災《せんさい》児童の霊《れい》」

風は海から吹《ふ》き
あの日の朝のように
空はまだ　輝《かがや》くあおさ

君たちよ出てこないか
やわらかい腕《うで》を交《く》み
起き上がってこないか

君たちよ
もういい　だまっているのはいい
戦争をおこそうとするおとなたちと
世界中でたたかうために
そのつぶらな瞳《ひとみ》を輝かせ
その澄《す》みとおる声で

ワッ！　と叫《さけ》んでとび出してこい
そして　その
誰《だれ》の胸《むね》へも抱《だ》きつかれる腕をひろげ
だれの心へも正しい涙《なみだ》を呼《よ》び返す頬《ほお》をおしつけ
ぼくたちはひろしまの
ひろしまの子だ　と
みんなのからだへ
とびついて来い！

＊斉美《せいび》小学校（済美小学校／済美国民学校）……陸軍偕行社《かいこうしゃ》が経営《けいえい》していた学校。高級軍人や官僚《かんりょう》の子女が通っていた。八月六日は給食日で、児童・職員《しょくいん》など約一六〇人が登校していたが、骨《ほね》も残さず全滅《ぜんめつ》した。

ボクについてくれば助けてやる、ついてこい
引っ張《ぱ》れエー。倒《たお》せエー
みたみわれ、生けるしるしあり、あめつちの、
しこのみたてと、いでたつわれは、お母ちゃん、お母ちゃん
ワッショイワッショイ、うみゆかば、みずくかばね
おもいっきり水を飲みたい
B29をやっつけろ、勝て勝て日本
夜はとっても寒かった、川の水はおいしいね

進め進めやっつけろ、お母さあん、おばあさあん

ヒロシマはおそろしいところよ、いなかにいこうよ

お父さん、お母さん、チグサさん、すぐるさん

ボクは戦地で戦っている兵隊さんと変わりないんだね

お母ちゃん、すまんね

私《わたし》はいま十五です。もう一度元気になって学校へ行きたい、
家の廻《まわ》りなど歩いてみたい。でもそうすることができません。
家族みんなの席をとって待っております

つれて帰ってください

あとからでいいよ、お母ちゃんにあえたからいいよ

ボクの水筒《すいとう》だれがとったの、まだいっぱい水あったのに

学校へ行きたいのう

おばちゃんえい子にしとるから助けて

兵隊さん、ぼくたちがどんな悪いことしたの

お父さん、すみません。お母さん、すみません。みんな死にました

天皇陛下《てんのうへいか》ばんざい、お母ちゃんばんざい

水がほしい、水が飲みたい

2
3
4

このあいだの一学期の成績《せいせき》は良かったでしょう？
起こして下さいや、ボクはどのくらいの形になってるかの、
もう死ぬばかりかしら

ああ、あついあつい、体がやけるで
兵隊さん、ボクはまだ生きとるのですか

お母さん、文子《ふみこ》はもうすぐ死にます。
私《わたし》のお墓《はか》の周りには、いっぱいお花を植えてください
桃《もも》がおいしかったのう、生まれてはじめて食《く》った、
田村や三島にもやってください

兵隊さん、どうしてこんなことになったのですか

お父ちゃん、家《うち》のものの命はありますか

早く帰りたいのう

ボク死にそうです。どうしたら治りますか、看護婦《かんごふ》さん

あー、さっきまでは見えよったのに、
もう眼《め》が見えんようになった

もうぼくは助からん、先に行くから母ちゃんは助かって下さい

母さん、今日一日仕事せんと、ボクと話をしようや

一中の校歌しっとるか、歌って
兵隊さん、水か氷かください、死んでもよいですから
父ちゃん、母ちゃん、おだいじに、満十三歳《さい》、広島一中　壇上竹秀《だんじょうたけひで》
身は学徒の身にて死するとも、やすくにの神にて守る
ほんとうにお浄土《じょうど》はあるの？　そこにはヨーカンもあるの？
できるだけボクのそばにいて、はなれないでね
お母さんはボクを立派《りっぱ》な人にしてやろうとして怒《おこ》ってくれたんだ、
ありがたかった

おかあちゃーん、おかあちゃーん
いままでわるかったところを許《ゆる》してね、母さん。
よか場所ばとっとくけんね
ねえちゃん、目が暗くなった
母さん、戦争だものね
泣かんでもよかとよ。
母さん、きょうはゆっくり休まんね

夏の雲は忘《わす》れない

言葉のともしび――城田美樹（演出家）

『夏の雲は忘《わす》れない』に寄《よ》せて

今改めて命の尊《とうと》さを考えるときが来ていると思います。私《わたし》たちが当たり前と思って暮《く》らしている日常《にちじょう》は当たり前ではなく、かけがえのない尊いものであるという気づきが、国籍《こくせき》や世代を超《こ》えて本当に共有される時代が来たと感じます。

『夏の雲は忘れない』。この作品は一九四五年八月六日と九日、広島と長崎《ながさき》に投下された原子《げんし》爆弾《ばくだん》により家族を失った子どもやお母さんの手記、亡《な》くなった子どもたちの最後の言葉などを、朗読《ろうどく》のための台本としてまとめたものです。

二〇〇八年の初演《しょえん》から二〇一九年、この台本を編集《へんしゅう》した女優《じょゆう》たちのカンパニーである「夏の会」が解散《かいさん》するまで、この作品はいくたびか改訂《かいてい》を重ねながら、全国各地で読み継《つ》がれてきました。

戦争を肌身《はだみ》で知る世代の女優と、戦後生まれの両親から生まれた子どもたちが同じ舞台《ぶたい》に立ち、平和の大切さを共に伝えてきたのです。

「夏の会」について

「夏の会」はもともと、演劇制作体《えんげきせいさくたい》「地人会《ちじんかい》」が一九八五年から二三年にわたり上演《じょうえん》し続けてきた朗読劇《ろうどくげき》『この子たちの夏』（構成《こうせい》・演出《えんしゅつ》　木村光一）に参加していたメンバーにより結成されました。被爆《ひばく》した母子の手記を六人の女優が読み継いでいく、シンプルな構成のこの舞台は、多くの人々の心を打ちました。

しかし二〇〇七年秋、「地人会」解散に伴《ともな》い、公演《こうえん》続行は不可能《ふかのう》となりました。それでもなんとかこの活動を続けたいと有志《ゆうし》の女優たちが集《つど》い、一八名で新たに立ち上げたのが「夏の会」です。

二〇〇八年、女優たちは新しい朗読台本を作るため、手記や詩をみずから探して集めました。劇団《げきだん》や所属事務所《しょぞくじむしょ》などの垣根《かきね》を超《こ》えて協力し、不慣《ふな》れな制作や経理《けいり》を自分たちで行い、全国各地の主催者《しゅさいしゃ》たちと一緒《いっしょ》に活動を開始したのです。

「戦争を知る世代の人間として、これだけはどうしても伝えていかなければならない」。女優たちを突《つ》き動かしたのは、平和への強い意志《いし》でした。

結成当時のメンバーは、岩本多代《いわもとますよ》、大橋芳枝《おおはしよしえ》、大原《おおはら》ますみ、大森暁美《おおもりあけみ》、長内美那子《おさないみなこ》、川口敦子《かわぐちあつこ》、北村昌子《きたむらまさこ》、神保共子《じんぼともこ》、高田敏江《たかたとしえ》、寺田路恵《てらだみちえ》、中村《なかむら》たつ、日色《ひいろ》ともゑ、柳川慶子《やながわけいこ》、松下砂稚子《まつしたさちこ》、水原英子《みずはらえいこ》、山口果林《やまぐちかりん》、山田昌《やまだまさ》、渡辺美佐子《わたなべみさこ》、以上の一八名です（敬称略）。

※『この子たちの夏』は二〇一一年から「地人会新社《ちじんかいしんしゃ》」に引き継《つ》がれ、戦後世代の女優《じょゆう》たちが朗読《ろうどく》する形で、現在でも上演《じょうえん》されています。

戦争を知らないという壁《かべ》

私《わたし》は戦争を知らない世代の母から生まれました。ですからこの作品の演出《えんしゅつ》を頼《たの》まれたとき、私でいいのだろうかと何度も自問しました。女優たちも不安だったと思います。私は人生経験《けいけん》も浅《あさ》く、戦争についても乏《とぼ》しい知識《ちしき》しかありませんでした。それが当時を知る女優たちの朗読を演出するなんて、無謀《むぼう》もいいところだと思いました。

けれども女優たちが情熱《じょうねつ》をこめて集めた、膨大《ぼうだい》な量の被爆《ひばく》体験記や詩を読むにつれ、未熟《みじゅく》だろうとなんだろうと、これはやらねばならないことなのだと決意しました。

「戦争を知らないあなたにはわからない」。稽古《けいこ》中、私はある女優からそう言われました。「あなたに何がわかるのですか?」と、公演《こうえん》先の戦争体験者の方からも言われました。与《あた》えられた

その言葉は紛《まぎ》れもなく正論《せいろん》でした。私《わたし》は悩《なや》みました。

でも悩んでも仕方ありません。その事実を立脚点《りっきゃくてん》として向き合っていくだけでした。わからなくても想像《そうぞう》することはできます。私は正しく想像できるようになろうと、とことん資料《しりょう》を読み（それは本当に膨大《ぼうだい》にあります）、頭がおかしくなりそうになるまで原爆《げんばく》投下の日にあった事実について体に浸透《しんとう》させました。

過去の事実を知ることはひどい痛《いた》みを伴《ともな》いましたが、それを知らずにいるという恐《おそ》ろしさの前では比較《ひかく》になりませんでした。

私は言葉と向き合い、共感し、泣きじゃくりました。広島・長崎《ながさき》の被爆地《ひばくち》の遺構《いこう》を訪《たず》ね、被爆者の方からもお話をうかがいました。

そうするうちに私は「追体験」していったように思います。もちろんそれは二次情報《じょうほう》にすぎず、実体験者の存在《そんざい》の重みの前では沈黙《ちんもく》せざるをえません。それでも「あの日を語る言葉たち」は、それでいいから伝えてと、私を後押《あとお》ししてくれました。

戦争中、少女だった女優《じょゆう》たちも私に、当時の体験を話してくれるようになりました。お腹《なか》が空《す》いてたまらなかったこと、焼夷弾《しょういだん》が落ちてくるのを見たこと、防空壕《ぼうくうごう》の中で歌を歌ったこと、軍需《ぐんじゅ》工場で〈お国のために〉働いていたこと、意味もわからず覚えさせられた天皇崇敬《てんのうすうけい》の文言、〈敵《てき》を殺すために〉励《はげ》んだ竹槍《たけやり》訓練など。体に染《し》み込《こ》んでいる記憶《きおく》はどれも鮮《あざ》やかで、私は毎夏、価値観《かちかん》を塗《ぬ》り替《か》えられるほど、生きた言葉で女優たちからリアルな戦争を受信させてもらったのです。そしてだからこそ「戦争はいけないのだ」ということを心の底から実感したのだと思います。女優たちが三十余年にわたり、ライフワークとして伝えざるをえなかった平和を希求《ききゅう》する思い。それを私は確《たし》かに受け取ったのです。

「継承《けいしょう》」という課題

「夏の会」の女優たちが続けてきた活動を通して、記憶のバトンは全国各地で継承されていきました。人が肉声を通して語る言葉には、人の心に訴《うった》える力があります。たとえそれが当事者の言葉でないとしても。

学校の生徒さんたちにとっては、とりわけ影響力《えいきょうりょく》が大きかったと思います。『夏の雲は忘《わす》れない』の舞台《ぶたい》では、上演先《じょうえん》の地域《ちいき》の子どもたちが一緒《いっしょ》になって朗読《ろうどく》しました。彼《かれ》らは必然的に、書かれた言葉のバックボーンを想像《そうぞう》して読むことになります。このとき、自分の体を通して読むことで擬似《ぎじ》体験し、書かれたことが他人事《たにんごと》とは思えなくなるのです。

友人が朗読するのを聞いた生徒たちも同様です。親しい友人の言葉として聞くことで、遠い世界の出来事だと思っていた戦争が急に身近になり、そのため彼らはこんなふうに自問するようになります。

「こんなことが本当にあったなんて」

「なぜこんなことになったの？」

「もし、これが自分だったら？」

「どうすればこんなことがなくなるのか」

「当たり前に思えていた日常《にちじょう》は当たり前ではないのかもしれない！」


一九四五年の出来事が過去ではなく、現在《げんざい》と地続きの事実として生き生きと継承《けいしょう》されていく瞬間《しゅんかん》に、私《わたし》たちは何度も立ち会いました。教科書的に教えるのでは伝わらない、体を通した学び。それをもたらす力が原爆《げんばく》体験を綴《つづ》った朗読《ろうどく》にはあるのです。

子どもたちが書いてくれた感想文や公演《こうえん》後の交流会での意見交換《こうかん》を通しても、私たちはそれを実感しました。誠実《せいじつ》に手記と向き合い、朗読してくれた子どもたち。その一人一人から進むべき道の確《たし》かさを教えられたのです。

女優《じょゆう》と朗読

「私たちは代読しているだけ。この作品はうまく読もうとかそういうものではない」

ある女優は公演後の交流会で、どうしたら上手に朗読できますかという質問《しつもん》に対して、そう語りました。

実際《じっさい》、彼女《かのじょ》たちの朗読は、女優の体を借りて「言葉を書かざるをえなかった人たち」が直接《ちょくせつ》語りかけてくるようなものでした。女優という仕事は他人を演《えん》じる職業《しょくぎょう》ですが、この作品での彼女たちのスタンスはまったく違《ちが》いました。

「女優の顔」はいらないのです。「演技《えんぎ》」はいらないのです。「女優の感想」も表れてはいけない。ただ事実をそのまま伝えること。舞台《ぶたい》では女優が主役ですが、ここでは言葉が主役なのです。そして彼女たちはみな、常《つね》にそうあるべく「代読」に徹《てっ》したのです。

それでも不思議なもので、朗読の向こう側から女優たちの生き様が透《す》けて見えてきました。その人でなければできない言葉の伝え方やニュアンスというものがあり、同じ手記でも別の女優が読むことで違《ちが》う角度のリアリティーがにじみ出てくるのです。一つ一つの公演が、一期一会《いちごいちえ》の言葉と人生との出会いでした。

支《ささ》えてくれた人たちと共に

毎夏、女優たちは重いキャリーバッグをみずから引いて、全国各地を旅してまわりました。女優たちと思いを共有する主催者《しゅさいしゃ》さんたちが各地で待ち受け、親身になってサポートしてくれました。

主催者《しゅさいしゃ》と子どもたちと女優《じょゆう》をつないでくれたのは、制作補佐《せいさくほさ》としても動いてくれた若手《わかて》の女優たちです。彼女《かのじょ》たちは先んじて子どもたちに朗読指導《ろうどくしどう》をし、舞台《ぶたい》上でも一緒《いっしょ》に読み継《つ》いでくれました。スタッフも同様です。志《こころざし》を共にし、作品への意見を出し合い、家族のように旅をしながら、伝えるために尽力《じんりょく》してくださいました。本当にありがとうございます。

言葉のともしび

耳を傾《かたむ》けなければならない。何度でも。

この言葉たちは眠《ねむ》っていないから。


「戦争はやめてほしい」と言った広島一中の藤野博久《ふじのひろひさ》くん（「星は見ている」本書九二ページ）。

「どうして戦争なんか起きるのでしょうか、止《や》めてほしいなあ、日本にない物はアメリカから送って貰《もら》い、フィリピンにない物は日本から送ってやり、世界が仲よくいかんものかしら。そしたら世界が一つの国家になって、世界国亜細亜州《あじあ》日本町広島村になるね」

あなたの言葉は実感を持って、私《わたし》たちの心に迫《せま》ります。


私たちは個人《こじん》でありながら、同時に一つの大きな生命体としてこの星に存在《そんざい》しています。どの命も区切ることはできません。テリトリーを作って防御《ぼうぎょ》し、自分たちだけがよければいいという発想では、もはやどの国も生き残っていけない流れが押《お》し寄《よ》せてきています。


私たちは今、生かされています。

それは本当に奇蹟《きせき》です。尊《とうと》いことです。この命を尊重《そんちょう》し、生き切っていきたいと言いながらも私は、自分だけを正義《せいぎ》とする「小さな戦争」を心の中に見つけるときがあります。当事者意識《いしき》を持たず、与《あた》えられた情報《じょうほう》だけを鵜呑《うの》みにして行動してしまいそうにもなります。そのたびに私は「あの日の言葉」に立ち帰り、自分を軌道修正《きどうしゅうせい》します。


この本の言葉の中には、未来を生きる指針《ししん》となる「ともしび」が、確《たし》かに灯《とも》っています。「夏の会」の活動は終わりましたが、女優《じょゆう》たちも私もそれぞれのやり方でこの火を絶《た》やさぬよう行動を続けています。

みなさんとこの本を通じて、「言葉の火」を分かち合えたことに心から感謝《かんしゃ》します。

過去は眠《ねむ》っていません。それは今ここに、私たちの命を、共に生きています。

年〕

P78-79　全員死亡　志水清
〔「核戦争の危機を訴える文学者の声明」署名者企画『日本の原爆文学⑬　詩歌』ほるぷ出版、1983年〕

P92-95　星は見ている　藤野博久の母　藤野としえ
〔秋田正之編『星は見ている――全滅した広島一中一年生父母の手記集』鱒書房、1954年／家永三郎・小田切秀雄・黒古一夫編『日本の原爆記録⑤　星は見ている――全滅した広島一中一年生父母の手記集　純女学徒隊殉難の記録』日本図書センター、1991年〕

P101　有川妙子（当時五歳）／P102-103　坂本駿（当時五歳）／P104-105　辻本一二夫（当時五歳）／P108-112　子供たちと私　長崎市山里小学校教諭　新木照子
〔永井隆編『原子雲の下に生きて』アルバ文庫、サン パウロ、1995年〕

P123-125、128-131
広島テレビ放送編『いしぶみ――広島二中一年生全滅の記録』（ポプラ社、2005年）、および上記『純女学徒隊殉難の記録』を参考に作成

● 図版の出典

P4　［上］熊谷元一写真童画館／所蔵［下］須藤功／提供
P5　［上下］熊谷元一写真童画館／所蔵
P6　須藤功／提供
P7　熊谷元一写真童画館／所蔵
P11　二川一夫／寄贈、広島平和記念資料館／所蔵
P19　麓良宝／寄贈、長崎原爆資料館／所蔵
P22　木村秀男／作、木村正／寄贈、広島平和記念資料館／所蔵
P23　米軍／撮影、長崎原爆資料館／所蔵
P40　広島平和記念資料館／提供
P70-71　ジョー・オダネル／写真（『トランクの中の日本――米従軍カメラマンの非公式記録』小学館、1995年）
P80　尾糠政美／撮影、広島平和記念資料館／提供
P81　松下誠治／作、長崎原爆資料館／所蔵
P82　道辻芳子／作、広島平和記念資料館／所蔵
P83　松添博／寄贈、長崎原爆資料館／所蔵
P84　石津一博／作、広島平和記念資料館／所蔵
P85　加藤義典／作、広島平和記念資料館／所蔵
P86　小野木明／作、広島平和記念資料館／所蔵
P87　高蔵信子／作、広島平和記念資料館／所蔵
P88　前カズノ／作、広島平和記念資料館／所蔵
P89　松添博／寄贈、長崎原爆資料館／所蔵
P90　共同通信社／提供
P91　共同通信社／提供
P98　［上］木村権一／撮影、広島平和記念資料館／提供［下］木村権一／撮影、広島平和記念資料館／提供
P99　［上］米国戦略爆撃調査団／撮影、米国国立公文書館／提供［下］米軍／撮影、広島平和記念資料館／提供
P106　須藤功／提供
P114　［上下］熊谷元一写真童画館／所蔵
P115　須藤功／提供
P122　佐々木雄一郎／撮影
P126　［上下］広島第二県女一年東組・西組、関千枝子／提供
P127　［上］昭和14無得幼稚園卒園アルバム収録、今田宏之／提供［下］地御前の海岸・中島小学校臨海学校、多田良子／提供
P135　［上下］夏の会／提供

● 作品の出典

＊本書への収録あたっては、朗読用に構成された台本『夏の雲は忘れない』に依拠しました。作品の一部に改訂があることをご了解ください。

＊著作権者及び著作権継承者の承諾を得るべく努めましたが、年月が経過しているために、連絡を差し上げることができなかった方もおられます。ご存じの方がいらっしゃいましたら、小社までご一報いただけると幸甚です。

P8-9　原爆の日　吉岡満子
〔吉岡満子『原爆の日』野火の会、1979年／家永三郎・小田切秀雄・黒古一夫編『日本の原爆記録⑲　原爆詩集・広島編』日本図書センター、1991年〕

P12　小学三年　坂本はつみ ／ P13　小学四年　松島愛子 ／ P14　小学三年　金本湯水子 ／ P16-17　小学六年　慶箕学 ／ P24-25　小学五年　香川征雄 ／ P26-27　小学五年　栗栖英雄 ／ P28-29　小学二年　横本弘美 ／ P30-31　小学三年　向井富子 ／ P32　小学五年　田尾絹江 ／ P49-57　ヒロシマの空　林幸子 ／ P107　小学四年　田羽多ユキ子
〔峠三吉・山代巴編『原子雲の下より』青木文庫、1952年〕

P15　小学四年　三吉昭憲
〔広島文学資料保全の会編『行李の中から出てきた原爆の詩』暮しの手帖社、1990年〕

P20-21　決して忘れない　本多博子
〔長崎の証言の会編『証言「長崎が消えた」』長崎の証言の会、2006年〕

P34-35　小学四年（当時四歳）　佐藤朋之
〔長田新編『原爆の子（上）』ワイド版岩波文庫、2010年〕

P36-38　英雄挽歌　水野潤一
〔水野潤一『ママン　付・父の詠める母の詩』白陵社、1967年／家永三郎・小田切秀雄・黒古一夫編『日本の原爆記録⑲　原爆詩集・広島編』日本図書センター、1991年〕

P41-45　ちいさい子　峠三吉 ／ P116-121　墓標　峠三吉
〔峠三吉作『原爆詩集』岩波文庫、2016年〕

P46-47　生ましめんかな　栗原貞子
〔栗原貞子『ヒロシマというとき』三一書房、1976年／家永三郎・小田切秀雄・黒古一夫編『日本の原爆記録⑲　原爆詩集・広島編』日本図書センター、1991年〕

P60-63　ヒロシマ連祷　石川逸子
〔石川逸子『ヒロシマ連祷』土曜美術社、1982年／家永三郎・小田切秀雄・黒古一夫編『日本の原爆記録⑲　原爆詩集・広島編』日本図書センター、1991年〕

P66-73　トランクの中の日本　ジョー・オダネル
〔ジョー・オダネル写真／ジェニファー・オルドリッチ聞き書き『トランクの中の日本――米従軍カメラマンの非公式記録』小学館、1995年〕

P74-76　おわびの致しようもございません　純心女子学園元校長　江角ヤス
〔純心女子学園編『純女学徒隊殉難の記録』純心女子学園、1961年／家永三郎・小田切秀雄・黒古一夫編『日本の原爆記録⑤　星は見ている――全滅した広島一中一年生父母の手記集　純女学徒隊殉難の記録』日本図書センター、1991

編者　夏の会（なつのかい）
2007年秋、「地人会」解散に伴い、23年間続いた朗読劇「この子たちの夏」（構成・演出 木村光一氏）の公演活動が中止になる。この公演に参加してきた女優たちが集まり、2008年3月「夏の会」を立ち上げる（岩本多代、大橋芳枝、大原ますみ、大森暁美、長内美那子、川口敦子、北村昌子、神保共子、高田敏江、寺田路恵、中村たつ、日色ともゑ、柳川慶子、松下砂稚子、水原英子、山口果林、山田昌、渡辺美佐子の18名）。以降12年にわたり、みずから制作した原爆朗読劇「夏の雲は忘れない――ヒロシマ・ナガサキ一九四五年」の公演を重ねてきたが、2019年夏を最後に活動に幕を下ろす。

装画・挿絵　　　　夏目麻衣
ブックデザイン　　藤田知子

夏の雲は忘れない――ヒロシマ・ナガサキ一九四五年

2020年7月17日　第1刷発行

定価はカバーに
表示してあります

編　者　　夏　の　会

発行者　　中　川　進

〒113-0033　東京都文京区本郷2-27-16

発行所　株式会社　大　月　書　店

印刷　精興社
製本　ブロケード

電話（代表）03-3813-4651　FAX 03-3813-4656　振替00130-7-16387
http://www.otsukishoten.co.jp/

ISBN978-4-272-61240-6　C0092　Printed in Japan